Levantando Pesas
un cuento en el pasado

Jennifer Degenhardt

cover artist:
Sherlyn Saavedra Ortega

Some names and places mentioned in the story are real and are used with permission.

For Stef and Mike.

ÍNDICE

Agradecimientos   i

Te presento   iii

Notas de la autora   v

Capítulo 1 – Sofía   1

Capítulo 2 – Stefanie   3

Capítulo 3 – Sofía   6

Capítulo 4 – Stefanie   9

Capítulo 5 – Sofía   12

Capítulo 6 – Stefanie   13

Capítulo 7 – Sofía   15

Capítulo 8 – Stefanie   17

Capítulo 9 – Sofía   21

Capítulo 10 – Stefanie   24

Capítulo 11 – Sofía   31

Capítulo 12 – Stefanie   33

Capítulo 13 – Sofía   37

Capítulo 14 – Stefanie   41

Capítulo 15 – Sofía   46

Capítulo 16 – Stefanie   47

Capítulo 17 – Sofía   49

Capítulo 18 – Stefanie   51

Capítulo 19 – Sofía   53

Capítulo 20 – Stefanie   56

Glosario   61

AGRADECIMIENTOS

A huge thank you to Sofía Ojeda for inspiring me to write this story. When I see posts about Sofía on social media, my spirits are immediately buoyed. I hope that she will have the same effect on others.

Thank you, of course, to Diego and Allison Ojeda who have so graciously allowed me to include Sofía (and them!) in this book so I can share with everyone about Sofía and others with intellectual disabilities. It is my pleasure and honor to be able to highlight Sofía and her friends (real and fictional), the Special Olympics and Best Buddies.

Another big thank you to John Maceri, chief executive director of The People Concern (and friend!), for the permission to use the name of the organization in this story. Readers should know that TPC, like so many others, is a real organization that does real things for real people who need the most, real help. Thank you, John and TPC for all that you do!

The cover art was done by Sherlyn Saavedra Ortega who found my contact information on her Spanish teacher's website. I am thankful to them both, of course, but tickled that Sherlyn reached out on her own. I hope you enjoy her ideas of Sofía and Bleu as much as I do.

Lastly, a big shout out to my gym pals. Thank you to Stefanie for allowing me to use the name of Punch gym in the book, but also for being a fantastic and empathetic trainer, alongside Mike. Never before have I stuck with an exercise program until I was introduced to weightlifting. It is the type of physicality that illustrates the phrase: the more you do, the better you get; the better you get, the more you do. Thanks to Aaron for getting me in the door in the first place, and the camaraderie of all for keeping me there. Though the gym itself is no longer, the lessons and the memories remain.

TE PRESENTO a SOFÍA

Meet Sofía Ojeda, the inspiration for this story.

Sofía is the daughter of Diego and his wife Allison. Diego and I are virtual friends and colleagues. When he is not posting about his excellent work with world language teaching and offering his expertise, he shares updates on his and Sofía's daily walks, what they see and do, and how Sofía brightens the day of so many neighbors. Seeing the photos and the joy in all of them led me to the idea to include a teenager with Down syndrome for this story.

¡Gracias, Sofía, por la inspiración! Keep smiling and spreading your happiness.

NOTAS DE LA AUTORA

Special Olympics (Olimpiadas Especiales in español) is an international organization that works to end discrimination against people with intellectual disabilities. The goal of inclusion is promoted through sports and activities which support over 5 million athletes, one million coaches and volunteers in 32 different sports in 170 countries.*

*Information gathered from www.specialolympics.org

The main character of the story, Sofía, is a teenager with Down syndrome. Down syndrome is a genetic disorder that causes developmental and physical delays and disabilities. As with many disorders, there are different types which present differently for individuals.**

**Information gathered from www.cdc.gov

The People Concern is one of Los Angeles county's largest social services agencies dealing with the issue of homelessness. With a fully integrated system of care (outreach, interim housing, mental and medical health care, substance abuse services, domestic violence services, life skills & wellness programs, and permanent supportive housing), the agency empowers the most vulnerable people at times when they need the most support. Read about The People Concern's mission and more of the work they do at www.thepeopleconcern.org. A portion of the proceeds from the sale of this book will be donated to the agency.

Capítulo 1
Sofía

Yo me llamo Sofía.

Era lunes por la mañana. Mi día favorito de la semana.

Primero fui a la escuela.

Estaba en una clase con mis amigos.

Era una clase pequeña.

En la clase había siete personas: tres chicas y cuatro chicos.

Un chico se llamaba Jonathan.

Otro chico se llamaba Teddy.

Y dos chicos se llamaban Marcus: Marcus P. y Marcus G.

Una chica se llamaba Vicki.

Otra chica se llamaba Nicoletta.

Todas las personas en la clase eran diferentes.

Pero nosotros éramos similares también.

Me gustaba la escuela. Mis profesores eran fantásticos.

Los lunes eran mis días favoritos porque iba al gimnasio después de la escuela. Soy atleta. Iba a participar en las Olimpiadas Especiales en el verano. Mi deporte era el levantamiento de pesas[1].

---

[1] el levantamiento de pesas: weightlifting.

Capítulo 2
Stefanie

Me llamo Stefanie.

Una tarde estaba en el gimnasio. El gimnasio se llamaba Punch. Era mi gimnasio. Era la directora. También era entrenadora.

En el gimnasio había otro entrenador fantástico también. Era mi buen amigo, Mike. Mike y yo éramos amigos por diez años.

Mike y yo ganamos muchas competencias de levantamiento de pesas. Éramos fuertes y éramos muy buenos en el deporte.

Yo le dije a Mike.

—Mike, tenemos la sesión con Sofía, Nicoletta, Teddy y Jonathan en quince minutos.

—Sí. Vamos a practicar con el press de

banca² —dijo Mike.

—Muy bien. Otro día practicamos las sentadillas³ y el peso muerto⁴ —le dije.

—Está bien. Es mi sesión favorita de la semana —dijo Mike.

—Sí. Me gusta trabajar con ese grupo.

Mike y yo teníamos sesiones con muchos atletas. Los atletas que participaban en las Olimpiadas Especiales eran mis favoritos. Eran los favoritos de Mike también.

En ese momento una chica entró en el gimnasio. Ella era baja y tenía pelo corto. Su pelo era azul.

Yo dije:

—Hola. ¿Cómo...? ¿Necesitas...?

—Me llamo Bleu. Tengo que estar aquí —me dijo—. No tengo opción.

---

² el press de banca: bench press.
³ las sentadillas: squats.
⁴ el peso muerto: deadlift.

Oh. Era la chica nueva. Era la chica de la escuela. Ella tenía muchos problemas. Ella necesitaba un programa. Y entonces, ella tenía que estar en Punch.

—Oh, ¡hola! ¡Eres Karla!

—Me llamo Bleu. No me gusta Karla.

Ay. Era evidente. Tenía problemas.

Capítulo 3
Sofía

Estaba muy feliz. Eran las tres de la tarde y estaba en el gimnasio.

Tenía el equipo para mi deporte: mis zapatos especiales, mis guantes y mi cinturón.

—Hola, Stefanie. Hola, Mike —les dije—. ¿Cómo están?

—Hola, Sofía —dijo Mike—. ¿Estás lista para entrenar?

—Sí, Mike. Estoy lista. Estoy preparándome para la competencia —le dije con una sonrisa.

Stefanie habló con una chica. La chica tenía el pelo azul. La chica estaba enojada. Ella no tenía una sonrisa.

—¿Quién es ella? —le pregunté a Mike.

Mike respondió —Ella es una atleta nueva en el gimnasio. Va a entrenar con tu grupo.

—Oh, OK.

—Sofi, toma tus zapatos, tus guantes y tu cinturón para la sesión. Vamos a empezar en cinco minutos.

—OK, Mike. Voy a estar lista.

*****

Todos en el grupo estaban en la sesión ese día: Teddy, Nicoletta, Jonathan y yo. Ellos entrenaban para las Olimpiadas Especiales locales. Ellos eran nuevos en esta actividad.

Yo no era nueva. Tenía tres años de experiencia con el levantamiento de pesas. Me gustaba porque me hacía más fuerte.

El levantamiento de pesas es un deporte individual, pero en el gimnasio, éramos un equipo:

Cuando Nicoletta lo hacía bien, nosotros estábamos felices.

Cuando Jonathan lo hacía bien, nosotros estábamos felices.

Cuando Teddy lo hacía bien, nosotros estábamos felices.

Y claro, cuando yo lo hacía bien, todos estaban felices.

Éramos un equipo y éramos amigos.

Capítulo 4
Stefanie

—OK, atletas, vamos a trabajar con el press de banca hoy. Primero vamos a hacer unos ejercicios para calentar —dijo Mike.

—Pero primero, quiero presentarles[5] a Bleu. Ella es nueva en el grupo y...—dijo Stefanie.

Todos le dijimos «hola» y empezamos con los ejercicios.

—Yo NO voy a estar en un grupo con personas retra- —dijo Bleu.

—Ah, Bleu. No usamos esa palabra en el gimnasio. Siempre somos positivos y simpáticos aquí —dijo Stefanie.

—Pero, ¿por QUÉ estoy con ellos? No soy como ellos. Soy diferente. No soy retra-

Bleu no habló más.

---

[5] presentarles: to introduce to you.

—Bleu, estás aquí porque un maestro dijo que eres fuerte…—le dije.

—Sí, soy. Soy mucho más fuerte que ellos —dijo Bleu.

—Es posible…

—Me gusta levantar pesas —dijo Bleu—. Voy a Muscle Beach para practicar por las tardes.

—El maestro dijo que necesitas un programa para ser más fuerte —le dije.

—Pero ¿por qué estoy con ESTE grupo? —preguntó Bleu.

Stefanie habló ahora. —Este grupo es muy pequeño. Y si vas a participar en competencias, necesitas más atención y más tiempo con un entrenador...

—¿Competencias? —preguntó Bleu.

—Sí. Vas a participar en las competencias de levantamiento de pesas, ¿no? —pregunté a Mike.

—Uh, er, no sé… —dijo Bleu.

Bleu no estaba enojada. No estaba feliz, pero no estaba enojada.

—Vamos, Bleu. Estás con nosotros —le dije. Y me sonreí con Bleu. Siempre tengo una sonrisa para todos.

Capítulo 5
Sofía

—Hola, Bleu. Me gusta tu pelo.

Bleu no habló. No dijo nada.

—Estos son mis amigos, Teddy, Nicoletta y Jonathan —le dije—. Somos atletas.

Bleu no habló. No dijo nada.

—OK, atletas. Vamos a entrenar. Nicoletta y Teddy con esta banca. Sofía, Jonathan y Bleu con esta banca —dijo Mike.

—Vamos, Bleu. Es fácil… —le dije.

—Yo SÉ levantar pesas —dijo Bleu—. No SOY estúpida.

Bleu no estaba feliz. Yo estaba feliz porque estaba en el gimnasio con mis amigos y los entrenadores. Bleu, la chica nueva, no estaba feliz.

Capítulo 6
Stefanie

Después de la sesión con Sofía y todos, Mike y yo hablamos.

Mike dijo —Sofía entrena muy bien, pero ella necesita más sesiones ¿no?

—Es verdad. Voy a llamar a sus padres mañana. Sofía puede venir el sábado por la mañana —le dije.

—Es buena idea. Aaron tiene una sesión los sábados y él puede examinar la espalda de Sofía. Ella dice que tiene un poco de dolor[6].

—Está bien. Ella necesita estar en buena forma para la competencia. Estoy muy emocionada por ella. Sofía es muy fuerte —le dije a Mike.

—Es increíble. Es muy fuerte. Y Bleu, ella es fuerte también. Necesita mejor técnica, pero... ¿Por qué está con nosotros en Punch ahora? —pregunté Mike.

---

[6] dolor: pain.

—La directora dijo que Bleu pelea mucho en la escuela. Tiene una actitud problemática. Necesita un poco de ayuda para controlar el enojo[7].

—Es evidente. Pero, también parece[8] buena persona.

—Es verdad, Mike. La vamos a ayudar.

_____

[7] enojo: anger.
[8] parece: she seems.

Capítulo 7
Sofía

Era sábado por la mañana. Era mi día favorito de la semana.

Primero fui al gimnasio.

Tuve una sesión individual con Mike.

Íbamos a practicar sentadillas. Y la técnica.

Iba a participar en las Olimpiadas Especiales ese verano.

Estaba en el gimnasio. Tenía mi bolsa. En mi bolsa tenía mis zapatos, mis guantes y mi cinturón. Ese día tenía una camiseta azul de otra competencia de las Olimpiadas Especiales locales. Yo gané el evento de sentadillas ese día.

—Hola, Stefanie. Hola, Mike. ¿Cómo están hoy? Yo estoy muy bien —les dije.

—Hola, Sofi —dijo Stefanie—. ¿Estás lista para tu sesión privada con Mike? ¡Eres muy importante!

—Sí, Stefanie. Estoy lista. Quiero entrenar hoy. ¡Quiero ser la mejor!

—Ay, Sofía, ¡tú ya ERES la mejor! —dijo Stefanie con una sonrisa.

Stefanie era muy simpática.

Mike, también. —Sofía, toma tus zapatos, tus guantes y tu cinturón. Vamos a entrenar.

En ese momento, Bleu entró en el gimnasio.

—Hola, Bleu —le dije—. ¿Vas a entrenar conmigo hoy?

Bleu no respondió. Había un problema. Bleu estaba enojada y tenía un ojo morado[9].

Mike dijo, —Sofía, vamos a entrenar.

Y él y yo fuimos a entrenar.

_____

[9] ojo morado: black eye.

Capítulo 8
Stefanie

—Hola, Bleu. ¿Cómo estás? —le pregunté.

Era evidente que había un problema.

—¿Tienes una sesión hoy? —le pregunté.

Bleu no tenía una sesión ese día. Lo sabía. Pero necesitaba continuar la conversación.

Hubo silencio por unos momentos.

—Hola. No, no tengo una sesión. Pero quiero entrenar. ¿Es posible?

—Sí, Bleu. ¿Tienes zapatos y un cinturón? —le pregunté.

Bleu miró en todas partes, pero no me miró.

—Bleu, ¿hay un problema? —le pregunté.

Hubo silencio por unos minutos.

—¿Bleu?

Bleu respondió con una pregunté —¿Ves mi ojo?

Yo no respondí. Quería más información. Era paciente.

—Sí. Tengo un problema. Tengo muchos problemas.

—Está bien, Bleu. ¿Quieres mencionar uno? —le dije.

—No tengo zapatos y no tengo cinturón —dijo Bleu.

—No hay problema, Bleu. Hay zapatos y cinturones aquí en Punch.

—Tengo otro problema —dijo Bleu.

Hubo más silencio. Fui a tomar los zapatos y un cinturón para Bleu.

—Stefanie, mi familia no tiene casa ahora.

Era un gran problema.

—Es un problema grande —le dije—. ¿Puedo ayudar?

Por mucho tiempo Bleu me habló de sus problemas:

- sus padres no tienen trabajo
- la familia de cuatro personas vive en el carro
- tiene problemas en la escuela

—¿Y el ojo? —le pregunté.

—Entrenaba cerca de Muscle Beach en Venice cuando unas personas malas me gritaron y...

—¿...y usaste las manos y no usaste la cabeza? —le pregunté, con una sonrisa.

Bleu respondió con una sonrisa también.

—Sí.

—OK. Vamos a hacer un plan: tú vas a entrenar aquí en Punch y no en Muscle Beach. También tú no vas a usar las manos con otras personas. ¿Está bien?

Bleu estaba nerviosa.

—Stefanie, no tengo el dinero para...

—No hay problema, Bleu. Entrenas aquí con Sofía, ¿está bien? Sofía está aquí mucho porque ella entrena para las Olimpiadas Especiales este verano.

Bleu no estaba segura.

—Bleu, Sofía es muy buena. Y trabajadora. Y...

—No es eso, Stefanie. Me gusta Sofía. Es muy simpática.

—¿No puedo usar las manos? —me preguntó.

—Puedes usar las manos para levantar las pesas. Vamos a entrenar.

Capítulo 9
Sofía

Tenía una nueva amiga.

Bleu era mi amiga.

Ella estaba en Punch conmigo los lunes, los miércoles y los sábados. Eran mis días favoritos de la semana.

Bleu era muy fuerte.

Me ayudó con las sentadillas.

—Sofía, ¿estás lista? Necesitas hacer ocho repeticiones.

—Sí. Estoy lista. Pero ¿ocho? Son muchas —le dije.

—¡Ja, ja! Sofi. Son muchas, pero tú eres muy fuerte. Vas a ganar la competencia este verano, ¿no?

—Sí, Bleu. Voy a ganar.

—Tienes que entrenar mucho. ¡Vamos!

Con la ayuda de Bleu, me gustaba entrenar más.

Bleu y yo entrenamos con Mike, pero Stefanie estaba en el gimnasio también ese sábado.

—Hola, chicas. ¿Nos sentimos fuertes hoy?

—Sí —le dijimos.

—¿Cómo estás, Bleu? ¿Cómo está la escuela? —preguntó Stefanie.

—No me gusta la escuela, pero está bien —dijo Bleu.

—¿Y cómo está tu familia?

Bleu fue a otra parte del gimnasio para hablar con Stefanie. Cuando regresó, le pregunté —¿Cómo está tu familia, Bleu? Mi familia está muy bien.

Bleu estaba enojada.

—Mi familia NO está bien, Sofía, ¿OK?

—OK, Bleu.

Capítulo 10
Stefanie

Me gustaba mucho mi gimnasio. Tenía muchos clientes y los clientes eran mis amigos. Me gustaba ayudar a todas las personas, especialmente a las personas similares a Bleu. Ella tenía una situación difícil.

Un cliente y un amigo entró en el gimnasio.

—Hola, Stefanie. —¿Cómo estás hoy?

—Hola, Doc —le dije—. Todo está bien hoy. ¿Estás aquí para entrenar con Mike?

Este amigo se llamaba Aaron, pero en el gimnasio le decimos Doc porque era quiropráctico[10].

—Sí. Mike me ayuda mucho.

—Muy bien. Y, Doc, ¿puedes examinar la espalda de Sofía?

---

[10] quiropráctico: chiropractor.

—Claro. ¿Tiene dolor?

—Ella dijo que tiene un poco de dolor. Y ella necesita estar en muy buena forma para la competencia.

—Claro. Voy a examinarla hoy. Sofía entrena mucho —dijo Doc.

—Sí, entrena mucho. ¡Quiere ganar la competencia! —le dije.

—Excelente. Y ¿cómo está la muchacha nueva? Es MUY fuerte, ¿no?

—Ah, sí. Bleu es increíble.

—¿Va a participar en Battle of the Belles? —preguntó Doc.

Battle of the Belles era una competencia de ocho eventos diferentes de fuerza[11] que era para muchachas y mujeres. ¡Celebrábamos a las mujeres!

—No sé. Voy a mencionar la competencia hoy.

---

[11] fuerza: strength.

*****

En la otra parte del gimnasio, Mike trabajaba con Bleu. Y Doc habló con Sofía.

Doc era muy grande y muy fuerte también, era muy simpático.

—Sofía, ¿cómo está la espalda?

—Tengo dolor. No mucho, pero tengo dolor —dijo Sofía.

—¿Puedo examinar la espalda? —preguntó Doc.

—Está bien. Gracias, Doc.

Tuve que hablar con Bleu.

—Bleu, ven[12]. Tenemos que hablar.

—OK, Stefanie —dijo Bleu.

Bleu hacía peso muerto[13]. Levantaba mucho

---

peso. Tenía que usar tiza en las manos para levantar pesas. En ese momento tenía tiza en la cara también.

—¡Ja, ja! Bleu, tienes tiza en tu cara. ¿Usas la cara para levantar pesas?

—Ja, ja, Stefanie — dijo Bleu.

—En serio, Bleu, ¿cómo está tu familia? ¿Cómo estás tú?

Bleu estaba incómoda. No quería hablar. Finalmente, me habló.

—La situación es difícil, Stefanie. Mis padres trabajan en restaurantes - o trabajaban.

Bleu continuó:

—A veces mi familia duerme en un albergue[14], pero muchas veces dormimos en el carro. Es difícil.

---

[14] albergue: shelter.

—Es muy difícil —le dije. —¿Me gustaría ayudar? ¿Puedo?

Bleu no estaba cómoda con la conversación. La situación era muy difícil para ella.

Bleu no respondió.

—Bleu, tengo un amigo, John. Es el director de The People Concern aquí en Los Ángeles. ¿Puedo contactarlo[15]?

—¿Qué es The People Concern? —preguntó Bleu.

—Es una organización que ayuda a las personas que no tienen casa —le dije.

—Gracias, Stefanie. Mi familia y yo necesitamos ayuda.

—Excelente, Bleu. Quiero ayudar a tu familia. Y quiero ayudarte también.

—Me ayudas mucho, Stefanie. Me gusta

---

[15] contactarlo: to contact him.

entrenar aquí en Punch —dijo Bleu.

—¿Quieres entrenar para una competencia? —le pregunté.

—¿Yo? ¡Sí, claro! —dijo Bleu.

—Muy bien. Vas a entrar en la competencia de Battle of the Belles. Es en unas semanas.

—Gracias.

—De nada. Ahora, a entrenar —le dije a Bleu.

Bleu se sonrió y yo también.

Luego, hablé con Doc —¿Cómo está la espalda de Sofía? Tiene que estar de buena forma.

—Está bien. Puedo ayudarla los sábados.

—Gracias, Doc. Eres muy amable —le dije.

El gimnasio era pequeño. Todos los clientes no entrenaban para participar en competencias, pero todos los clientes eran parte del equipo Punch. Éramos amigos. Y éramos familia también.

Capítulo 11
Sofía

Era viernes. No era mi día favorito, pero ese día terminó siendo mi día favorito.

Fue un día especial en la escuela. Íbamos a preparar comida en mi clase y mi papá iba a ayudar.

Mi padre era mi persona favorita. Él era simpático. Él era amable. Él era inteligente también.

Todos los días mi papá trabajaba en una escuela. No era mi escuela. Era otra escuela. Mi papá era maestro de español.

Pero ese día mi papá no fue a su escuela. Estaba conmigo en mi escuela. Él iba a preparar arepas[16] colombianas con mis amigos y yo. Mis amigos eran Jonathan, Teddy, Marcus P., Marcus G., Nicoletta y Vicki.

---

[16] arepas: food made of ground maize dough.

—Hola, clase — dijo mi papá—. ¿Cómo están todos? ¿Están listos para preparar arepas?

Mi papá era muy simpático.

—Hola Sofi, mi princesa. Ven a ayudarme. ¿Quiénes son tus amigos?

—Hola, papá. ¡Tú conoces a mis amigos! — le dije.

—Recuérdame[17] —me dijo. Mi papá tenía una sonrisa enorme.

—Ellos son Jonathan y Marcus P. y Teddy y Marcus G. Ellas son Vicki y Nicoletta.

—Mucho gusto —dijo mi papá—. ¡Vamos a preparar arepas ahora!

Todos mis amigos se sonrieron. Todos estaban contentos. Íbamos a preparar comida e íbamos a comer.

---

[17] recuérdame: remind me.

Capítulo 12
Stefanie

Era sábado y había muchas actividades en el gimnasio hoy. Sofía entrenaba por la mañana. Bleu entrenaba por la mañana también. Ellas entrenaban juntas. Las dos chicas ya eran amigas. Me gustaba.

Y más tarde durante el día, íbamos a tener una comida especial. El papá de Sofía preparaba arepas para todos nosotros. A nosotros nos gustaba comer. Mike y yo comíamos mucho. Doc también. Para levantar pesas necesitábamos mucha energía.

Bleu entró en el gimnasio primero.

—Hola, Stefanie. Hola, Mike —nos dijo.

—Buenos días, Bleu. ¿Cómo estás? —preguntó Mike—. ¿Estás lista para entrenar?

—Estoy bien y estoy lista, Mike. Siempre estoy lista.

—Ah, Bleu. Hablé con mi amigo, John, el director de la organización. La organización ayuda a muchas personas en Los Ángeles que no tienen casas. Tengo información para ti y tu familia. Hablamos luego.

—OK, Stefanie. Y gracias.

Bleu tomó los zapatos y el cinturón. La situación era muy difícil para ella. La familia no tenía casa y vivía en un carro.

—Bleu, si yo puedo ayudarte más… —le dije.

—Gracias, Stefanie. Eres muy buena.

*****

Después de una sesión increíble, el papá de Sofía llegó con mucha comida. Hacía mucho sol pero no hacía mucho calor. El clima todos los días era similar en Venice Beach. Esa parte de California tenía buen clima. Nosotros fuimos afuera para comer. Hablamos de nuestras familias.

Sofía habló primero:

—Mi papá es mi persona favorita. Es inteligente y simpático.

El papá de Sofía dijo —Sofi, princesa, ¿y tu mamá?

—Oh, sí. Mi mamá es mi persona favorita también. Ella es inteligente, simpática y amable. Me gusta mi familia.

Hablé de mi familia, Mike habló de su familia y Doc habló de su familia también. Pero, estaba nerviosa por la conversación. ¿Iba a hablar Bleu de su familia?

—A mí me gusta mi familia también —dijo Bleu—. Mis padres son muy simpáticos y mi hermana es simpática también. Es muy buena. Es una buena amiga.

—¿Cómo se llama tu hermana, Bleu? —le pregunté.

—Se llama Korinne —dijo Sofía—. Yo sé porque Bleu es mi amiga.

—Sí, ustedes son amigas. Entrenan mucho juntas —dijo Mike.

—Bleu, ¿Korinne y tus padres van a ver la competencia de Battle of the Belles? —preguntó Doc.

—No sé, no los invité —dijo Bleu.

—Tienes que invitarlos, Bleu —dijo Doc—. Es tu primera competencia.

The Battle of the Belles era en dos semanas. La competencia iba a ser en Muscle Beach. Era mi competencia favorita. Todos los clientes iban a la competencia para participar o para ayudar.

Capítulo 13
Sofía

Era viernes. No era mi día favorito, pero me gustaban los viernes. Era el día del club, Best Buddies. Todas las personas en mi clase tenían otra persona especial. Los amigos especiales no estaban en nuestra clase. Ellos estaban en clases regulares.

Mi amiga especial se llamaba Rachel. Rachel y yo éramos amigas por casi tres años. Me gustaba Rachel porque era simpática y amable.

Esa tarde fuimos a la playa. Me gustaba ir a la playa. Me gustaba ver el océano y también me gustaba la brisa.

—¿Están listos para ir a la playa? Vamos a caminar —dijo la maestra.

—¿Tienen sus bolsas listas? —preguntó otro maestro.

Había un problema.

—¡TÚ ERES UNA PERSONA HORRIBLE!

—¡TÚ ERES LA MALA! ¿POR QUÉ ME HABLAS MAL?

El problema ocurría en el corredor. El maestro salió para investigar.

Mis amigos y yo miramos. No estábamos contentos.

El maestro salió y miramos la acción. Era Rachel. Rachel estaba en el corredor con otras chicas. Había un problema. Ellas hablaban fuerte. Ellas gritaban.

En un momento Rachel estaba en el piso[18]. Bleu estaba cerca en el corredor también. Bleu gritaba.

¡Oh no! ¡Había un problema con mis amigas!

—¡Muchachas!

---

[18] el piso: floor.

Vi a Rachel en el piso.

—Rachel, ¿estás bien? —le pregunté.

El maestro le dijo a Bleu —Vamos a la oficina. Eres un problema.

—Señor Morrow, Bleu es mi amiga. Es mi amiga del gimnasio —le dije—. Bleu, ¿estás bien?

—Sofía, vamos a la playa en unos momentos. Tu amiga necesita ir a la oficina. Es un problema.

Estaba triste. Había un problema con mis amigas. Fue horrible.

—Rachel, ¿estás bien? ¿Por qué discutías con Bleu? —le pregunté.

—No es un problema, Sofi. ¿Estás lista para ir a la playa? —me preguntó.

—Rachel, Bleu es mi amiga. Ella es una buena amiga. ¿Por qué discutías con ella?

—Tenemos problemas con otros amigos, Sofía. Nada más —dijo Rachel.

—Rachel, estoy triste. Tú eres mi amiga y Bleu es mi amiga también. No me gustan los problemas.

Rachel no dijo nada. Rachel lloró.

—Rachel, ¿estás bien? —le pregunté—. ¿Estás triste? No tienes que llorar.

Tomé la mano de mi amiga y le dije —Está bien, Rachel. Está bien.

Capítulo 14
Stefanie

—Stef, la competencia de Belles es en dos días. No vemos a Bleu en una semana. Hay un problema. Bleu necesita entrenar más para la competencia.

—Sí, Mike. Hay un problema. Hay muchos problemas. Bleu tiene problemas en la escuela. Hablé con la directora. Bleu tiene problemas con otros estudiantes...

Era un problema. No pude hablar.

—Voy a buscar a Bleu. Voy a la playa. Ella tiene que estar cerca del océano —dijo Mike.

—Gracias, Mike. Voy a entrenar con Sofía hoy.

¿Dónde estaba Bleu? Estaba nerviosa. Sí, estaba nerviosa por la competencia, pero estaba nerviosa por Bleu. Me gustaba ella. Era muy buena persona. Tenía problemas, pero era buena.

En la tarde. Estaba en el gimnasio con Sofía. Sofía entrenaba mucho para su competencia.

—Stefanie —me preguntó, Sofía—. ¿Dónde está Bleu? Quiero ver a Bleu.

—Sí, lo sé Sofía. Quiero ver a Bleu también. No sé donde está.

—Es mi amiga, Stefanie. Quiero hablar con ella.

—Yo sé, Sofi. Yo también.

La sesión con Sofía terminó.

—Chao, Stefanie. Te veo el sábado ¿no? — preguntó Sofía.

—Sí, Sofía. Pero no tenemos una sesión. Es la competencia de Belles en Muscle Beach. ¿Te acuerdas[19]?

---

[19] ¿te acuerdas?: do you remember?

—La competencia para Bleu...

—Sí, Sofía. La competencia para Bleu y otras muchachas es el sábado.

Después de dos horas, Mike regresó. Bleu estaba con él. Su pelo azul era un desastre. La cara estaba sucia. Las manos también.

—¡Bleu! ¿Estás bien? —le pregunté.

Bleu no respondió.

—¿Dónde... —le pregunté a Mike.

Él respondió —En la playa. Cerca de Muscle Beach. No quiere hablar conmigo.

—Bleu, ¿qué tienes[20]? ¿Por qué estás sucia? —le pregunté.

Bleu no respondió. ¿Está enojada? ¿Está triste? ¿Está frustrada?

En un momento, Bleu lloró. Y lloró mucho.

---

[20] ¿qué tienes?: what's the matter?

Quería hablar, pero porque lloraba mucho, era difícil. Sus palabras no eran claras.

—Cálmate[21] —le dije—. ¿Y el problema?

Bleu lloró y gritó —¡Quieren expulsarme de la escuela! ¡Quieren expulSARme! ¡Por nada!

—Cálmate. Dime[22] todo.

Por una hora Bleu me dijo todos sus problemas y todas sus frustraciones. No podía completar la tarea. Tenía malas notas[23]. Bleu dormía en sus clases porque no dormía bien en el carro. Los otros estudiantes hablaban mal de ella en la escuela. Y claro, Bleu usaba las manos para defenderse.

—OK, Bleu. Aquí está el plan. Tú vas a entrenar con Mike ahora. Y yo voy a llamar a la escuela. Y...

---

[21] cálmate: calm down.
[22] dime: tell me.
[23] notas: grades.

En ese momento vibró mi teléfono.

—Entrena con Mike, Bleu. Es mi amigo, John de The People Concern. Va a tener información para ti y para tu familia.

Capítulo 15
Sofía

—¡Bleu! ¿Estás lista? ¡Es el día de tu competencia!

Estaba muy feliz. Estaba emocionada también. No fue el día de mi competencia, pero fue el día de la competencia de mi amiga.

—Hola, Sofía. Sí. Estoy lista.

—¿Estás nerviosa? No es necesario estar nerviosa...

Bleu no respondió. Ella miró a todas las personas que estaban en Muscle Beach. ¡Había muchas personas!

Era un día fantástico. Hacía sol, pero hacía calor. Y había una brisa.

¡Vamos, Bleu!

Capítulo 16
Stefanie

Esa competencia era mi favorita. Era MI competencia. Era la directora de la competencia.

¡Las muchachas eran muy fuertes! Tenía muchas amigas que participaban en todos los eventos. No estaba nerviosa por ellas, pero estaba nerviosa. Por Bleu. ¿Dónde estaba...?

Bleu hablaba con dos personas y una chica. Era la familia de Bleu, me imaginé. ¡Excelente! Su familia estaba aquí para ver a Bleu.

Tenía información de John para compartir con sus padres. Iba a hablar con ellos luego.

En ese momento tenía que hablar con Bleu.

—Bleu, ven.

Bleu habló un poco más con sus padres y

caminó para hablar conmigo.

—Hola, Stefanie.

—Hola, Bleu. ¿Estás lista? —le dije.

—Sí. Pero hay muchas personas…

—¡Ja, ja! Sí. Las personas quieren ver una competencia excelente. ¿Nerviosa?

—Un poco…

—No es necesario estar nerviosa —le dije—. Va a ser excelente para ti.

Le di un abrazo.

La reacción de Bleu fue fantástica: tenía una sonrisa enorme.

Capítulo 17
Sofía

Había muchas personas que veían la competencia.

Bleu dijo que estaba nerviosa.

Estaba muy nerviosa. No lo hizo bien en los primeros dos eventos.

Yo le hablé:

—Bleu, todo está bien. Eres muy fuerte. ¡Puedes hacerlo!

—Gracias, Sofía. Es muy difícil. No tengo energía. Quiero hacerlo bien, pero no puedo… —dijo Bleu.

—¿Necesitas comer? Tengo…

En ese momento llamé a mi amiga Rachel. Ella miraba la competencia.

—Rachel, ven —le dije.

Rachel llegó a donde estábamos.

—Hola, Bleu —dijo Rachel.

Bleu no habló por un momento. Finalmente ella dijo —¿Por qué estás aquí?

—Yo la invité —dije yo.

—Bleu, lo siento. Me porté[24] mal. Traje[25] sándwiches de manteca de maní[26] y jalea[27] para ti. ¿Quieres? —preguntó Rachel.

—Sí, Rachel. Gracias. Y gracias por venir. Me porté mal también. Lo siento —dijo Bleu.

Yo tenía una sonrisa enorme.

—Me gusta. Mis amigas ya son amigas —dije.

—El sándwich es excelente, Rachel. Ahora tengo más energía. Gracias —dijo Bleu.

—De nada.

---

[24] me porté: I behaved.
[25] traje: I brought.
[26] manteca de maní: peanut butter.
[27] jalea: jelly.

Capítulo 18
Stefanie

La competencia fue fantástica. Las muchachas lo hicieron muy bien. Bleu también lo hizo muy bien. No ganó la competencia, pero ganó una medalla para el press de banca.

—¡Que excelente, Bleu! —le dije—. Estoy muy feliz.

—Gracias, Stefanie. Estoy muy feliz también. Gracias por la ayuda. Gracias a Mike, también. Y a todo el equipo de Punch —dijo Bleu.

—De nada, Bleu.

—Pero, la persona que me ayuda más...es Sofía. Sofía es una inspiración. Es una amiga fantástica —dijo Bleu.

—Ustedes dos son fantásticas. Ahora tú puedes ayudar a Sofía con su competencia —le dije.

—Claro. Es en dos semanas —le dije.

Estaba super feliz. Bleu necesitaba trabajar más con su actitud, pero...estaba mucho mejor. Y, con la ayuda de John...

—Bleu, tengo información. John está aquí y habla con tus padres. Tiene un apartamento para ustedes —le dije.

Bleu estaba super feliz. —¿En serio?

—Sí. Tu familia puede mudarse al apartamento en dos días.

—¡Ay, Stefanie! Gracias. ¡Muchas gracias!

Pero Bleu se puso nerviosa. —Stefanie, mis padres no tienen dinero. No trabajan...

—Bleu, es un problema para los adultos. Y ya no es un problema. John va a ayudar mucho.

—¡Gracias, Stefanie! ¡Eres increíble!

—Es John el que ayuda mucho. Ahora vamos por tu medalla y a tomar unas fotos.

Sofía tomó la mano de su amiga y dijo —Vamos, Bleu —dijo Sofía.

Capítulo 19
Sofía

Era el día de mi competencia. Era un buen día.

Mis padres y yo fuimos a un gimnasio grande en Los Ángeles. Iba a participar en tres eventos:

- el press de banca
- el peso muerto
- las sentadillas

Me gustaban todos los eventos. Era muy buena con el press de banca y con el peso muerto. Pero era excelente con las sentadillas.

Estaba muy feliz. Quería ganar.

*****

Fue un buen día, pero fue un día difícil.

No lo hice muy bien en el press de banca y

no hice muy bien en el peso muerto.

Tenía un evento más: las sentadillas.

—Stefanie, quiero ganar este evento. ¿Es posible? —le pregunté.

—Sofía, eres muy fuerte. Puedes ganar. Sí, es posible. ¿Hiciste los ejercicios para calentarte?

—Sí, Stefanie. Estoy lista.

—Muy bien, Sofía. Buena suerte[28]. Yo te miro —dijo Bleu.

Sí. Bleu estaba aquí. Bleu era mi amiga.

Bleu, Mike y yo caminamos al evento de las sentadillas.

—Sofía, eres fuerte. Tú puedes hacerlo —dijo Mike.

Tomé mi posición con la barra en mi espalda.

---

[28] buena suerte: good luck.

Me bajé[29] con la barra y todas las pesas y...

¡Ay! Un dolor.

Levanté la pesa, pero fue obvio. Había un problema.

---

[29] me bajé: I descended.

Capítulo 20
Stefanie

Mike, Bleu y yo miramos a Sofía. Hacía su evento favorito: la sentadilla.

El primer intento[30] fue difícil. Lo hizo, pero fue difícil. Era obvio que tenía un problema.

—Sofía, ese peso no es difícil para ti. ¿Hay un problema? —le pregunté.

—Sí, Stefanie. Tengo dolor en la espalda.

—Vi[31] a Doc —dijo Bleu—. Voy a buscarlo. Él puede ayudar.

Sofía estaba nerviosa. Quería ganar, pero no podía ganar con el dolor.

—Está bien, Sofi. Bleu va a buscar a Doc. Él puede ayudarte.

---

[30] intento: try.
[31] vi: I saw.

—OK, Stefanie. Estoy nerviosa. Quiero ganar.

—Lo sé, Sofi. Lo sé.

En unos momentos, Bleu llegó con Doc.

—Hola, Sofía. ¿Cómo está la competencia para ti hoy? —preguntó Doc.

Doc era muy simpático. Doc era voluntario para la competencia. Él ayudaba a muchos atletas.

—¿Puedo examinarte la espalda? —preguntó Doc.

—Sí. Por favor.

Doc examinó la espalda de Sofía y ayudó más con la acupuntura.

—¿Cómo estás ahora, Sofía? —preguntó Doc.

—Estoy bien, Doc. ¡Gracias!

Sofía tenía una sonrisa. No estaba nerviosa.

Estaba lista.

—Vamos, Sofi —le dije.

Sofía caminó a la barra y tomó su posición. Había mucho peso en la barra.

Tomó su posición con la barra en la espalda.

Estaba lista. Bajó con la barra...

¿Había un problema?

¡No! Sofía completó la sentadilla. ¡Fue un récord personal!

¡Todos nosotros gritamos! Estábamos muy felices.

Todas las personas en el gimnasio gritaron.

—¡Sofía! ¡Sofía! ¡Sofía!

Bleu abrazó[32] a su amiga. Bleu estaba super

---

[32] abrazó: (she) hugged.

feliz. —Sofía, ¡eres muy fuerte!

—Gracias, Bleu. Gracias por ayudarme —dijo Sofía.

—¿Cómo? Yo no...

—Eres mi amiga.

GLOSARIO

A

a - to, at
abrazo - hug
abrazó - s/he hugged
actitud - attitude
actividad(es) - activity(ies)
(te) acuerdas - you remember
acupuntura - acupuncture
adultos - adults
ahora - now
al - to/at the
albergue - shelter
amable - kind
amiga/o(s) - friend(s)
años - years
apartamento - apartment
aquí - here
atención - attention
atleta(s) - athlete(s)
ayuda - help
ayuda - s/he helps
ayudar - to help
ayudar(la)(me)(te) - to help her (me)(you)
ayudas - you help
azul - blue

B

baja - short
bajó - she bent down
(me) bajé - I bent down
press de banca - bench press
barra - bar
bien - well
bolsa(s) - bag(s)
brisa - breeze
buen/a/o(s) - good
buscar(lo) - to look for (it)

C

calentar(te) - to warm up
cálmate - calm down
calor - hot
caminó - s/he walked
caminamos - we walked
caminar - to walk
camiseta - t-shirt

cara - face
carro - car
casa - house
celebrábamos - we
    celebrated
cerca - close, near
chao - 'bye
chica(s) - girl(s)
chico(s) - boy(s)
cinco - five
cinturones - belts
cinturón - belt
clara/o(s) - clear
claro - of course
clase(s) - class(es)
cliente(s) - client(s)
clima - weather
colombianas -
    Colombian
comer - to eat
comíamos - we ate
comida - food
como - like, as
cómo - how
cómoda -
    comfortable
competencia(s) -
    competition(s)
completar - to
    complete

completó - she
    completed
con - with
conmigo - with me
conoces - you know
contactarlo - to
    contact him
contenta/o(s) -
    happy
continuar - to
    continue
continuó - s/he
    continued
conversación -
    conversation
corredor - hallway
corto - short
cuando - when
cuatro - four

D

de - of, from
decimos - we say
defenderse - to
    defend
del - of/from the
deporte - sport
desastre - disaster
después - after
di - I gave

día(s) – day(s)
dice – s/he says
diez - ten
diferente(s) – different
difícil - difficult
dije – I said
dijimos - we said
dijo - s/he said
dime - tell me
dinero - money
director/a – director
dolor - pain
donde - where
dónde - where
dormía - she slept
dormimos – we sleep
dos - two
duerme – s/he sleeps

E
ejercicios – exercises
el - the
él - he
ella - she
ellas/os - they
emocionada – excited

empezamos - we begin
empezar - to begin
en - in, on
energía - energy
enojada - angry
enorme - enormous
entrar - to enter
entrena - s/he trains
entrenaba - I, she was training
entrenador/a – trainer
entrenadores – trainers
entrenaban - they trained
entrenamos - we train
entrenan – they, you train
entrenar - to train
entrenas - you train
entró - s/he entered
equipo - team, equipment
era - I, s/he, it was
éramos - we were
eran - they were
eres - you are
es - s/he, it is

esa/e/o - that
escuela - school
espalda - back
español - Spanish
especial(es) - special
especialmente - especially
esta/e - this
está - s/he, it is
estaba - I, s/he, it was
estábamos - we were
estaban - they were
están - they are
estar - to be
estás - you are
estos - these
estoy - I am
estudiantes - students
estúpida - stupid
evidente - evident
examinar(la) - to examine(her)
examinó - s/he examined
excelente - excellent
experiencia - experience

expulsarme - to expel

F

fácil - easy
familia(s) - family(ies)
fantástica/o(s) - fantastic
(por) favor - please
favorita/o(s) - favorite
felices - happy
feliz - happy
finalmente - finally
forma - form, shape
fotos - photos
frustraciones - frustrations
frustrada - frustrated
fue - s/he went, s/he, it was
fuerte(s) - strong
fuerza - strength
fuimos - we went

G

ganó - she won
ganamos - we win/won

ganar – to win
gané – I won
gimnasio - gym
gracias – thank you
grande - big
gritaban - they yelled
gritamos – we yelled
gritan – they yell
gritaron - they yelled
gritó - s/he yelled
grupo - group
guantes - gloves
gusta – it is pleasing
gustaba - it was pleasing
gustan – they are pleasing
gustaban - they were pleasing
gustaría – it would like
(mucho) gusto – pleased to meet you

H
habla – s/he speaks
hablaba - s/he spoke

hablamos – we speak/spoke
hablaban - they spoke
hablan – they speak
hablar – to speak
hablas – you speak
hablo – I speak
hablé – I spoke
hace – s/he, it does, makes
hacen – they do, make
hacer – to do, make
hacerlo – to do it
hacía – I, s/he, it did, made
hago – I do, make
hay – there is, are
hermana - sister
hice - I did, made
hiciste – you did, made
hizo - s/he, it did, made
hola - hi
hora(s) – hour(s)
hoy - today

I

(me) imaginé - I imagined

importante - important

increíble - incredible

incómoda - uncomfortable

información - information

inspiración - inspiration

inteligente - intelligent

intento - try, attempt

investigar - to investigate

invitarlos - to invite them

invité - I invited

ir - to go

J

jalea - jelly

jueves - Thursday

juntas - together

L

la(s) - the

le - to, for him/her

les - to, for them

levantaba - I, she lifted

levantamiento - lifting

levantar - to lift

levanté - I lifted

lista/o(s) - ready

llama - s/he calls

llamaba - I, she called

llamaban - they called

llamar - to call

llamé - I called

llamo - I call

llegó - s/he arrived

lloraba - she cried

llorar - to cry

lloró - she cried

lo - it, him

locales - local

los - them

luego - later

lunes - Monday

M

maestra/o - teacher

mal - badly

mala(s) - bad

mamá - mom
mano(s) - hand(s)
manteca de maní - peanut butter
martes - Tuesday
mañana - tomorrow, morning
más - more
me - me, to/for me
medalla - medal
mejor - better
mencionar - to mention
mi(s) - my
mí - me
minutos - minutes
miraba - I, s/he watched
miramos - we watched
miércoles - Wednesday
momento(s) - moment(s)
morado - purple
mucha/o(s) - much, a lot
muchacha(s) - girl(s)
mujeres - women
muy - very

N

nada - nothing
necesario - necessary
necesita - s/he needs
necesitaba - she needed
necesitamos - we need(ed)
necesitas - you need
nerviosa - nervous
nos - to/for us
nosotros - we
notas - grades
nuestra(s) - our
nueva(os) - new

O

o - or
obvio - obvious
ocho - eight
océano - ocean
oficina - office
ojo - eye
Olimpiadas Especiales - Special Olympics
opción - option
organización - organization
otra/o(s) - other

P

paciente - patient
padre - parent
padres - parents
palabra(s) - word(s)
papá - dad
para - for
parte(s) - part(s)
participaban - they participated
participar - to participate
pelea - she fights
pelear - to fight
peleaste - you fought
pelo - hair
pensaste - you thought
pequeña/o - small
pero - but
persona(s) - person(s)
pesa(s) - weight(s)
peso - weight
peso muerto - deadlift
piso - floor
playa - beach
poco - few
podia - I, s/he was able

por - for
porque - because
(me) porté - I behaved
posible - possible
posición - position
positivos - positive
practicamos - we practiced
practicar - to practice
pregunté - I asked
preguntó - s/he asked
preparar - to prepare
preparándome - preparing myself
presentarles - to present to them
primer/a/o(s) - first
princesa - princess
privada - private
problema(s) - problem(s)
problemática - problematic
programa - program
pronto - soon
prueba(s) - event(s)
puede - s/he can

puedes - you can
puedo - I can

Q

que - that
qué - what
quería - I, s/he wanted
quién(es) - who
quiere - s/he wants
quieren - they want
quieres - you want
quiero - I want
quince - fifteen
quiropráctico – chiropractor

R

reacción - reaction
recuérdamelos – remind me of them
regresó - s/he returned
regulares - regular
repeticiones – repetitions
respondí - I responded
respondió - s/he responded

S

sábado(s) – Saturday(s)
sabía - I, s/he knew
salir - to leave
salió - s/he left
sé - I know
segura – sure
semana(s) – week(s)
sentadilla(s) – squat(s)
ser - to be
serio - serious
sesiones - sessions
sesión - session
señor – sir, mister
si - if
sí - yes
siempre - always
(lo) siento - I'm sorry
siete - seven
silencio - silence
similar(es) - similar
simpática/o(s) – nice
situación – situation
sol - sun
somos – we are
son – they are
sonrisa - smile
soy - I am

71

su(s) – his, her, their

sucia - dirty

suerte - luck

superfeliz - super happy

T

también - also

tarde(s) - afternoons

tarea - homework

te - to/for you

técnica - technique

teléfono - phone

tenemos - we have

tenía - I, s/he had

teníamos - we had

tener - to have

tengo – I have

terminó - it ended

ti - you

tiempo - time

tiene – s/he, it has

tienen – they have

tienes – you have

tiza - chalk

toda/o(s) - all

toma – s/he takes

tomar – to take

tomé – I take

tomó - s/he took

trabaja – s/he works

trabajaba - I, s/he worked

trabajadora – hardworking

trabajaban - they worked

trabajan - they work

trabajar - to work

trabajo – work

traje - I brought

tratas – you try

tres - three

triste - sad

tu(s) - your

tú - you

U

un/a – a, an

unas/os - some

uno - one

usamos – we use

usar – to use

usas – you use

ustedes – you (plural)

V

va – s/he goes

vamos – we go

van – they go

vas – you go
veces – times,
    instances
vemos – we see
ven – they see
venir – to come
veo – I see
ver – to see
verano - summer
verdad - true
ves – you see
vi – I saw
vibró - it vibrated
viendo - watching
viernes - Friday
vive - s/he lives
vivía - I, s/he lived
vivir - to live
voluntario -
    volunteer
voy – I go

Y
y - and
ya – already
yo - I

Z
zapatos - shoes

ABOUT THE AUTHOR

Jennifer Degenhardt taught high school Spanish for over 20 years and now teaches at the college level. At the time she realized her own high school students, many of whom had learning challenges, acquired language best through stories, so she began to write ones that she thought would appeal to them. She has been writing ever since.

Other titles by Jen Degenhardt:

La chica nueva | La Nouvelle Fille | <u>The New Girl</u> |
Das Neue Mädchen | La nuova ragazza
La chica nueva (the ancillary/workbook
volume, Kindle book, audiobook)
Salida 8 | *Sortie no. 8*
Chuchotenango | *La terre des chiens errants*
Pesas | *Poids et haltères*
El jersey | <u>The Jersey</u> | *Le Maillot*
La mochila | <u>The Backpack</u> | *Le sac à dos*
Moviendo montañas | *Déplacer les montagnes*
La vida es complicada | *La vie est compliquée*
Quince | <u>Fifteen</u>
El viaje difícil | *Un Voyage Difficile* | <u>A Difficult Journey</u>

La niñera
Era una chica nueva
Levantando pesas: un cuento en el pasado
Moví las montañas
Fue un viaje difícil
¿Qué pasó con el jersey?
La mochila fue la conexión
Con (un poco de) ayuda de mis amigos
La última prueba
Los tres amigos | <u>Three Friends</u> | *Drei Freunde* | *Les Trois Amis*
María María: un cuento de un huracán | <u>María María: A Story of a Storm</u> | Maria Maria: un histoire d'un orage
Debido a la tormenta
La lucha de la vida | <u>The Fight of His Life</u>
Secretos
Como vuela la pelota

 @JenniferDegenh1

@<u>jendegenhardt9</u>

 @puenteslanguage &
World LanguageTeaching Stories (group)

Visit <u>www.puenteslanguage.com</u> to sign up to receive information on new releases and other events.

Check out all titles as ebooks with audio on <u>www.digilangua.co</u>.

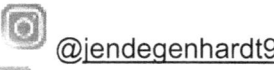

76

ABOUT THE ILLUSTRATOR

Sherlyn Saavedra Ortega, a high school sophomore from California, has had a great passion for art digitally and traditionally, trying her hand in art genres such as visual and graphic arts. She enjoys many art styles which she practices on different drawings but is mostly interested in semi-realism. Sherlyn enjoys reading and watching many animated shows which she gains inspiration from for new art.